夢見の丘へ

加納由将

思潮社

夢見の丘へ

加納由将

思潮社

装幀＝著者

目次

I

Ⅱ

Ⅲ

夢見の丘へ

I

井戸の底

ときどき
涸れ井戸に降りている
ひとりになれる場所
そこにある
何も見えない場所

気がつけば
落ちている

何も見えない
暗闇で
深い不快、全身を覆う
行き場のない
　　　　突き当たり

もがけば
もがくほど
足元から水がしみだす

今まで谷や崖っぷちは
何度となくとおってきた
そこには必ず道があった
時として細く危ない道

ココには道はない
完全な行き止まり
井戸の底に
思考が落ちて
抜け出すことの出来ない
ことがある

夜が明け
気がつくと
懐かしい影がその井戸を覗いている
自分を覗いている

井戸の周りには道が続いている
昨日の悩み事が
どうでもよくなり

また道を歩いていく
どこにつながるか
分からない道

真っ黒な絶望

気がつけば
後ろさえ塞がれた行き止まりだった
がむしゃらに
誰にも負けじと歩いてきた
なのに
そこは深い森に
囲まれた
洞窟道だった
続きは

照らしても見えず続いていく気配
もっと先に行ってみたい
疲れた足は
動くことを拒んだ
拒み続けた

手首に刃を立てれば
どんなに楽だろう

それは
できなかった
たった一人悲しんでくれる人がいる
でも一人ぼっちだった
どこにもいけずに

スクランブル交叉点に寝転がる
群集の中に座り込む

出口なし

消えていく友達
消えていく家族
遠く
遠くなってしまい
励ましの
慣れ親しんだ声は
かなたに
吸い込まれていく
洞窟の出口が

見つけられない

懐かしい声は
細い
素麺のように
手のひらを
すり抜けていく
ざらついた革命の声は
使い古した受話器から逃がしたまま
帰っては来ない
出口のない
天空の迷路に突入していく
柔らかい日だまりの中へ

洞窟

言葉を追いかける

幼い頃は
野原で
蝶々を追いかけるように

追いかけているうち
揺らめく
夕闇に

静かに
吸い込まれ
幻影の人の戯れを呼吸しながら
注意深く
探り探り
進む
世界

どこに
出るかさえわからず
ゆっくりと
生ぬるい風を
感じながら
迷路洞窟を歩きはじめる
蠟燭の明かりを求めて

読書

開いていく
本のページ
風の
いたずら

新しい
言葉の
列
本当に

ゆっくりと
開かれていく

白紙の上に
書き続ける自分の言葉
誰かに
届く日を
夢に見て
ひたすらに
ただ
ひたすらに
白地図を塗り替えていく

どこかの町で

見覚えのある
さいごのおもいで

車の横を走っていく風
話しかけながら
過ぎていく
声は
遠く古い漆喰に塗りこめられ
街角から音が消える

きえていく
さいごのおもいで

大声は
かき消されて
白く
霧が
吹き抜ける

きえていく
さいごの
通り過ぎる踏切の
向こう側に

温かい誘惑

夜
眼がさめると
白無垢の女が
立っている
静かに微笑んで
手招きしている
ぼくはベッドから
こっそり抜け出す

女は静かに

真っ暗な道を歩いていく
ついていくと
明るい繁華街を
抜けて
フクロウの声響く
墓場に着く

裸の女は
ぼくを
抱きしめる

体は
地中に
優しく沈んでいく
体が孵化し続ける

救われる

いつの間にか
不自由な自分を
忘れている時がある
人とは違う
ふっと我に返り
哀しくなって
向こう岸に
わたりたくなる

思い出して
思いとどまる
一つの笑顔
何度も
救われる
悲しませたくないと
思う
生んで育ててきてくれたのに
簡単に渡ってしまうなんてできない

そして
弱い自分をしまいこむ

焦りの正体は

怒りが消える
焦りが消える
自分に対する
　　怒り
他人に対する
　　怒り
怒りは

思考を停止させ
怒りは
言葉を詰まらせる

焦りは怒り
自分に対する
怒り

怒りが消える頃
焦りもまた消え
青い空に気付く
地平線に新しい何本もの道が
見え始める
先の虹をくぐる

行き止まりで

どこに行こうと
していたのか
確かに
そこにつないでいた
実感あるぬくもりが
あったはずなのに
見つからない
見つけられない
一番

手にしようとするものは
届きそうで
届かない

気がつくと
足は凍りつき
どうにも動かせない
真っ暗闇の
森の中
冷たい冷えきった手で弄っても
あるはずの道は
通行止めで
両脇は
切り立つ崖
待っている解除されるときを

永遠の修行

来たことのない町を
歩いていた
誰もいない
時折
砂埃を
舞い上げて
怒りの風がとおり
過ぎる

どこまでも
つながる
忘れ去られた道路
無言で
歩いていく
どこへとも知られず
ただ
歩いていく
終わらない修行

闇の中で

生まれると同時に
しに憧れる不孝者

先の見えない
暗闇を
歩いていく

光のなかった
目の前が

突然光る

また消える不安は
体内のどこかにあって
ユックリ進むつもりが
早まる足

光は
ますます小さくなって
いったん立ち止まり
周りを見回す
うっすらと
違う何本かの道が
見えてきた

Ⅱ

春の風に

体が
崩れていく

まだ
冷たい
風が
体を
鋭く削っていく

黒い痛みは
ぎこちなく
全身に
広がり
動けない
道の上で
息を
荒くする

それでも
誰も振り向かず
横を通り過ぎる影
春風のように

部屋の中に

夜を迎えた
部屋の中
僕は自分の姿を
探していた
自分の目指していた道は
とうに見えなくなっていた
予想以上に瓦礫にのまれていた
勇気を出して表に出て
道を歩いていこうと

歩き始めたのに

気がつくと
壁に囲まれ
見覚えのある
机に
自分の部屋だと
気がつくまで時間がかかる
表に出たはずなのに
いつのまにか
真っ暗な元いた部屋の中
出入口が見当たらない
窓を開けると金木犀が香った

空に

縁に
座って
ぼんやり考える

あの空の向こうには
何かが
隠れている気がする

空の向こうに

鋭い
獣の
視線を感じて
睨み返す
それは大きい
空白なのか

気がつけば
もう
夕暮れになっている

空には
きりがなく
箱庭の対話が広がっていく

ミズタマリ

朝
のぞくと
揺れていた
空をうつして
揺れていた

雨上がりの
散歩道

鏡のように
空をうつしている

のぞき込むと
自分が
うつる
自分が揺れる

時折
吹く風に
揺れている
昨日の
自分がした決意のように
揺れている
中に笑い声響いている家族団らん

綱渡り

あの笑顔が好きだから
笑わせたかった
道化にでも
太鼓持ちにでもなって
どうしても笑わせたかった
静かに笑っている顔が
好きだったから

でも

笑わせられなかった

どうしても
笑ってほしくて
ぼくは
綱渡りを始めた
高い天井の
綱渡り
一歩進むたび
縄がきしむ
今でも
続けている
今
笑っているのか
ここからは見えない

自分の姿

朝早く遠くで鳴り響く
鐘の音

聞いていると
電話のベルのよう

何を知らせようというのか
誰も取らない電話
鳴り続ける

受話器を上げれば
どこかの誰かに
つながり
何かが始まる

でも鐘が鳴り続ける
誰にも聞こえない
誰一人通らない道で
フクロウのように突っ立っている
聞いている
何もできないで
もう夕暮れだ

夢見の丘へ

遠い道のり

遥か遠方
遠くに見える
生まれた場所

深い
森に続く
道を

歩いて
歩いてきた跡が道になる

となりに
あなたがいれば
いてくれれば
どんなにくらい深い森さえ
抜けていける
歩いていける

行こう
丘に続く吊り橋が待っている
この道の向こうの
夢見の丘へ

新しい道求めて

道は
一本だと
思っていた頃
ぼくは
呆然と
立ち尽くす
周りが
少し明るくなって
見え始めた

新しい道
まだ待っていると
また
新しい道

一つの体で
選べるのは
一本の道
選びきれずに
歩き始めると
地面が揺れ
道は塞がる
前へも後ろへも
引き返すことができなくて
道の上に

道ができていくのを
待っている

遠い道

体内に
海水の
侵食
過去は
否応なく
思い出を
飲み込んで
消えていく

残っている
瓦礫と
家の基礎
の
間
道は続き
歩いていく
ふくろう

Ⅲ

言葉の積み木

雨が降っている
僕は
白い紙に
自分の裸の
姿を版画で
うつしていく
毎日
毎夜
うつしていく

気がつくと
部屋の床には
紙の塊が
積み木のように
重なって
歩けない
部屋から出られなく
なっていた
呼んでも誰にも
声は届かず
座り込んだまま
体は
子宮の光を求めていた

交差点で

誰もいないところを
探している
どこにも行かず
立っている

大都会の交差点
誰も声をかけず
通り過ぎていく
見つからない場所

見つけられない場所
探しているが
見つからない
自分の行き場所
自分の安堵する場所

誰も教えてくれずに
通り過ぎていく

どこに行けばこの体から
抜け出す方法があるのか
心に見える時まで
立っている
夜が来る
また朝が来た

内からの声

あの声で目を覚ます
懐かしいようで
初めてのような
鋭い声が聞こえる
どこから聞こえるのか
誰もいない
その声は聞こえ続ける
耳を澄ますと
中から聞こえる

自分の内《なか》から
胸に手を当てると
声の響きを感じる
この声は言っている
探せと
自分の水脈を探せと
叫んでいる

現在進行形

出られなくなって
どれぐらい経つのでしょう
日差しのない部屋
かび臭い
空気にも
慣れきって
画面を見つめ
ことばを
記し続ける

はっと気がつくと
出られなくなっていた

開かれない
ドアの向こうに
通るべき道が
きっとあるはずなのに
それでもなお
体内でもつれた釣り糸を解くように言葉を書いている

ふくろうは

傷を抱えた
ふくろうが
歩いて行く
窓を開けると
目に飛び込む
どこに行くのだろう
頼りない足取り
誰も通らない
夜明けの道
見知らぬふくろうが

一匹歩いて行く

急いで二階から
階段をおり
玄関を飛び出して
道に出る
ふくろうは
見当たらない
ただ
赤い足跡だけが
続いていた
足跡が空《くう》に舞い上がって行くかのよう

この光影を残すつもりで
鉛筆を持つ

蔵王・お釜

坂道を
上って行くと
湖は
青く光っていた
岩石のくねった道は
ぼくには進めない

お釜は見たこともない
色だった

見せたかったと
父の背中で
聞こえる
吐息は荒くなり
足が止まると
涙が流れた
我に返り
恥ずかしくなって
ひそかに袖で
拭った

夏の幻影

昼下がりの
森の中
誰もとおらなかった道
朝露も乾かない道
ゆっくり
ゆっくりと進んでいく
足元は
うっすらと
足取りは
おぼつかなく

歩いていく

ふっと見渡すと
暗い
森のトンネルから
ぼんやり宙に浮かぶ
ひかり
なんだろう

驚いてみると
川の上に
床がある
影は動き
姿は見えず
宴会は続いている

その声に

どこに行こう
声の聞こえるほうへ
懐かしい声
どこにつながる

山の中
見通しの
きかない
でも道は続いているから

どこまで行こうか

東北の友の声が
響いて
道は遮断され
引き返しもできない

声は
聞こえ続ける
この道を歩き続けよう
その声が
聞こえなくなるまで

櫓

気がつくと
即席の迷路を歩いていた
どこを向いても
ベニヤ板
ふっと
振り返ると
小さな
男の子が
立っている
前を向くと

いくつもの
通路が続いている
どこかに続いていく

出口か

遠い
霧の向こうに
櫓が微かに
見える
あそこに上れば
夢見る自分が見えるのかもしれない

櫓を目指し歩き続ける
曲がり角の幼い自分

旅路の果ての宮殿に

あなたは座っている
砂埃の舞う荒れ果てた道は
石だらけの荒野を突きぬけ
忘れ去られた
無生物の海へとつながっている

あなたが座る
玉座は
宮殿の

一番奥
歩いていく
歩きながら
時間をかけて自分を磨く

石ころが
あの星のように輝き始めるのを
待ちながら
ゆっくりと
歩いていく
遠くに
あの宮殿が見え始める
夜明けが近くなる
宮殿が浮き上がる

やさしい嘘

ここにいる
君を待っている
夜の公園の前に
立っている

影は村を飲み込んで
街灯が闇を切り裂く
夜は動かずに
君の姿を探す

手を振ってかけてくる
幸せなじかん
ただ
会いたくて
言葉を積み上げる
来てくれるように
見えない虹を
かけつづける

息を切らす君に
僕はそっと言う
今来たとこって

これから

ベッドの上でいろいろな
未来のことを
自分の先のことを
考える
体は
重くなる

夜は
始まったばかりで
体を

縛っていく

どんなに
遠くても
会いに行きたい

生きるエナジー
欲しいから
重い
足を
引きずって
どこに行くのだろう
ぬかるみのある
坂道を通ってでさえ
崖の上に見える家に

歩く道

一日
活字の森を
彷徨い歩き
疲れて空を
見上げると
ちいさな
ちいさな
星が見えていた

懐かしい
ひかり
地面に寝転ぶと
体は消えて
星に近づく
昔を思い出す

笑顔が自然に生まれ

気がつくと
朝の霧に
包まれている

未来が

気がつくと
道が続いていた
我武者羅にならんでも
自棄を起こさんでも
道は
続いている

深い森で
道の先は

見えんけど
たしかに
続いている

何が待っているか
わからんけど
一歩
また
一歩
進んでいけばいい
ただそれだけ

終わりに

第三詩集『未来の散歩』を刊行してから、七年の歳月が流れてしまいました。あの頃私自身かなりの焦りを感じていました。それは詩以外何もできないという自分へのいらだちであり、不安であったような気がします。そんな気持ちから抜け出せたのは二〇一〇年に出身校の校歌に自分の詩が採用されたこと、そしてもう一つは自分の体の変化だったような気がします。もちろん一人では何も出来ない状態ですが、ヘルパーさんと電車に乗り映画を見に行ったりしばらく会っていない友と外で自由に会えたりする楽しさを体験していく中で、次第に未来は幾通りにも分かれていて、決して限られたものではなく何本もの道が有り、焦らずに落ち着いて時に立ち止まりじっくり考えることで、思っていたこととは別の方法で実現できるとわかりはじめ、それが今回の「道」というテーマにつながったように思います。

私は生まれながらの障害を背負い、一日一日を可能な限り挑戦し今に至っております。この詩集も今生きている生かされている自分がどう生きていけばいいかどう生きていくべきなのかということをテーマに、どうしても何年かかってもこの一連の作品をひとつの詩集という形にまとめたいという気持ちで構想から四年ほど経ってやっと形になりました。これまでの詩集の編み方ではなく創作する段階からひとつのテーマを意識し、葉山郁生先生のご指導のもと推敲を重ねてきました。この詩集が自分の中で大きくなって、生きていく糧として持てる力を全て注いだつもりです。

最後になりましたが、根気強く気長に付き合ってくださった思潮社の出本様、長年ご指導頂きました葉山先生に感謝しつつ、これからもより一層言葉を追い続けていきたいと思っております。

本当にありがとうございました。

加納由将

加納由将

一九七四年生まれ

一九九三年　大阪府立藤井寺養護学校高等部卒業

一九九九年　大阪芸術大学卒業・同大学院入学

二〇〇二年　同大学院研究生

二〇〇五年　大阪文学学校入学

詩集

『夢想窓』（一九九九年、編集工房ノア）

『体内の森』（二〇〇三年、編集工房ノア）

『未来の散歩』（二〇〇七年、編集工房ノア）

同人詩誌・所属

「ＢＬＡＣＫＰＡＮ」「ＰＯ」「すきっぷ現詩人」同人。関西詩人協会、日本国際詩人協会、大阪文学学校所属。

住所

〒五八五―〇〇〇三　大阪府南河内郡河南町大ヶ塚八一

夢《ゆめ》見《み》の丘《おか》へ

著者
加《か》納《のう》由《よし》将《まさ》

発行者
小田久郎

発行所
株式会社思潮社
〒一六二—〇八四二 東京都新宿区市谷砂土原町三—十五
電話〇三（三二六七）八一五三（営業）・八一四一（編集）
ＦＡＸ〇三（三二六七）八一四二

印刷所
三報社印刷株式会社

製本所
小高製本工業株式会社

発行日
二〇一四年二月二十八日

一人だけでない迷路

葉山郁生

第一詩集『夢想窓』（一九九九年）から、加納由将の詩は孤独な心象と、自然詠を基調としてきた。この第一詩集が十年程経って、『Dreaming Window』として英訳詩集となり、「日本国際詩人協会新人賞」を受賞した。孤独に書き続けた若い詩人の心象風景が、孤立した精神的営みでなく、多くの未知の人々の心を励ましていた。加納君にとって、そういう言葉の力が確かな形になったことに気づかされた幸せな体験となっただろう。

今回の第四詩集『夢見の丘へ』から「部屋の中に」の第一連の冒頭部を引く。

夜を迎えた／部屋の中／僕は自分の姿を／探していた／自分の目指していた道は／とうに見えなくなっていた／予想以上に瓦礫にのまれていた

「僕」は表に出て、歩いていこうとしたのだが、気がつくと、自分の部屋に戻っている。第二連の後半、

表に出たはずなのに／いつのまにか／真っ暗な元いた部屋の中／出入り口が見当たらない／窓を開けると金木犀が香った

と続く。障害者ならずとも、現代に生きる人間なら、大なり小なり経験している自己内閉性と、その反対を行こうとする外在化が、この詩の心象風景だろう。歩むべき道を求めていく、しかし、どこかで道を見失う。自己内閉性と外在化の先に道を見失う、ということになれば、さらに現代の喪失のモチーフが重なる。が、この詩はそこで終わらず、だからこそと言うべきか、最終行で「窓を開けると金木犀が香った」と、その世界を反転させる。金木犀一本が、陸前高田の一本松に相通じるように、孤独な詩人の心象が、自分だけでない世界の再生イメージを現実化する。ここで金木犀というモノは、孤独な詩人が己れの心象を託す、単なる自然詠から遠い所まで歩んでいる。この第四詩集全体を視野に入れて考えているのだが、そ

れぞれに、孤独な詩人と、東日本大震災を直接、間接に体験して現代を生きている孤独な人々のコ、コ、ロ、をつなぐ、奥深いメタファーになっているだろう。

心は心だけでは伝わりにくい。物に向きあって、人の心が見えてくる。物はまたある人の心と別のある人の心をつないでくれるのだ。俳句・短歌には句切れがあり、現代詩には行分けがある。詩歌の世界では、物と心・事の原初の形が、その純粋イメージが、物中心に際立つだろう。

声を失った男が道を／あるく／不自然に／影の／ない／町並み

（「未来の散歩」）

これは、第三詩集のタイトル詩の第一連。道、影、町並みが一行ずつ、浮き上がり、「あるく」が身体動作としてイメージ化され、「ない」が不在のイメージとしてであれ、やはり現前してくる。この詩の「声を失った男」とは、詩人の自画像であり、また何らかの障害により滑らかにコミュニケーションできない他者の像でもある。

この詩集以前の加納詩集の流れを、ここで少し遡ってみる。第二詩集『体内の森』のほとんどの詩が、無人称であり、一部に「自分」という呼称がある。つまり、この第二詩集は「僕」をほとんど消した、詩人の内部と外部を転換するような実験詩であった。換わりに、物や動植物と並走するように「フクロウ」が登場し、表現プロセスの中で、これが自画像の一つとなっていった。第一詩集の孤独な心象や自然詠を一旦、脱自していくというか、詩人主体の自身を客体化し（車椅子に縛りつけられた心身＝森として）、あるいは自己の外に寓話の世界を造型していったのだ。第二詩集『体内の森』の「帰宅」の一部を引く。

脱ぎ捨てる／暗い家に帰って／（…）波のように／脱ぎ散らす／／コートを脱ぎ／上着を脱ぎ／ズボンを脱ぎ／（…）／髪を脱ぎ／皮膚を脱ぎ／（…）／胃を脱ぎ／心臓を脱いで

身体外部の物と、身体内部の臓器が並列され、人間主体の内部と外部が引っくり返るようなイメージの氾濫がある。そうすることで、車椅子と一体の心身を外界にダイナミックに飛躍させる詩的精神の活動が起こった。さらに、第三詩集『未来の散歩』は表現する者のこの果敢な内部と外部の転倒を経て、多様な詩的世界を展開させることを可能にしたのだ。

今回の第四詩集は、第三詩集の多様な詩的世界のさらなる発展となっている。加納君が大阪芸術大学に入学してから、私は二十年近い付きあいになる。

加納詩の世界には、いつも一人のミューズが住んでいる。第三詩集の男人称が、例えばこの詩集中の「月夜」では、「男は／女の川を／感じながら／明けていく／景色を感じている」となっている。「女の川」の女は、ミューズの変容だろうが、今回の詩集でも、

Dreaming Window

同じモチーフとして「温かい誘惑」「やさしい嘘」などがある。この一連の流れでは、女性像は過去の懐旧に至ったり、オフィーリヤに姿を変えて物語化したり、未来に変幻する姿となる。小さい生き物への共感があり、ミューズは第四詩集のタイトル詩にも姿を見せている。詩の人称の多元化や、ミューズの変幻自在ぶりから、自画像たる「フクロウ」も、自己分裂して他者化するように、詩的自己の外にさ迷い出る。が、詩人はその跡を追い、記録しようとする。この詩集に至って、詩的自己・主体は多元化し、強靱なものになっているのだ。

第四詩集の終わりの方に、「櫓」という詩がある。

気がつくと／即席の迷路を歩いていた／（…）ふっ
と／振り返ると／小さな／男の子が／立っている
／前を向くと／いくつもの／通路が続いている／
どこかに続いていく

現代の便利すぎる暮らしを生きていると、物とシステムが過剰すぎて、一人ひとり生身の人間に立ち

戻ったときに、その内部も外部も迷路めいてくるだろう。自由に動き回っている普通の人間があたり前のように思っていることを、この動きづらい詩人が鋭く見抜いている。

迷路からの出口でないかもしれないが、路は「どこかに続いていく」。そして「遠い／霧の向こうに」櫓が微かに見えている。そこに上れば、「夢見る自分」、あるいは、かつて夢見た自分が見えるかもしれない。この詩の最終は「櫓を目指し歩き続ける／曲がり角の幼い自分」となっている。小さい男の子という他者がいて、その他者を媒介に、かつて曲がり角に置いてきたような「幼い自分」と出会っているかのようだ。

目の前のリアルを追うだけでない、詩人の遠くを見る眼差しがあり、その人生の時間が、言葉の中で目に見えるものになっている。最初に喪失のモチーフと言ったが、人生の個別事象は、時の流れの中で、失われたり、崩壊していく——このことと、詩的時空間の成熟や、多元化はセットだろう。さらに、「フクロウ」という詩的イメージも、同じ時間の二面性の中にあり、脱自を求める単なる自画像から、存在と影、分身、あるいは変身のメタモルフォーズの過程の中にあるだろう。

ここの所は、次の詩集での一層の展開に期待したいと書いて、最後にこの第四詩集のタイトルにもなりえた「道」について触れておく。加納詩にあって道のモチーフも早くから登場していた。本人の車椅子の身体とままならない伝達状況を考えると、このモチーフが切実なのもあたり前だが、本詩集の道は一層、苦渋にみちたものになっている。高村光太郎のあの「道」のようではなく、加納詩の道はカフカ的というか、寸断され、見えなくなり、迷路のようになっている。その分、力強い。人は道を失っても、再度、求め、切り開いていかざるをえない。古代語の「オカ」は葬送の地であり、再生の場所。日本語の「ミチ」のミは、「ミズ」のこと、同源ということで、聖なる何ものかを含意する。今回、加納詩の「道」の悪戦苦闘は、そのかすかな光を求めているだろう。そのことがまた、詩集中にある「東北の友」への深いエールになっているだろう。

夢見の丘へ・加納由将・栞・思潮社